LES CONTES : LA VÉRITÉ VRAIE !

Loi n°49 956 du 16 juillet 1949
sur les publications destinées à la jeunesse
ISBN 978-2-09-252141-0

LES CONTES : LA VÉRITÉ VRAIE !

Texte de Gudule
Illustrations de Jacques Azam

Nathan

ON TE MENT !

Les contes de fées,
C'EST RIEN QUE DES SALADES !
Il n'y a pas un seul mot de vrai là-dedans !
En tout cas, ça ne s'est pas du tout passé
comme on te le dit !

Afin de lutter EFFICACEMENT
contre LES SOTTISES que les adultes
te fourrent dans la tête, le célèbre détective
Max Fox a entrepris des recherches approfondies.
Voici les résultats de son enquête.
Fini les faux bruits et le bourrage de crâne !
Grâce à ce petit livre qui RÉTABLIT
LA VÉRITÉ, tu auras désormais les moyens
de clore le bec à ceux qui te racontent
des histoires à DORMIR DEBOUT !

Menteur !
LE PETIT POUCET
LA BELLE AU BOIS
ROUGE

RÉPUBLIQUE FRANÇAISE

Carte d'identité de l'héroïne

Nom : Lolita Chaperon

Surnom : Le Petit Chaperon rouge

Âge : 8 ans et demi

Domicile : 23, route de la Forêt Enchantée
Perraultville

LE PETIT CHAPERON ROUGE

Si l'on en croit le conte,
Lolita Chaperon aurait été dévorée par un loup en allant porter une galette et un pot de beurre à sa grand-mère, Mme Mèregrand.

POUR COMMENCER, LE PETIT CHAPERON ROUGE ÉTAIT-IL VRAIMENT **ROUGE ?**

À cette question, *Max Fox* répond NON sans hésiter. Des preuves ?

Flash
24 avril 1696
fillette dans la Forêt Enchantée
On remarque, depuis quelque temps, la présence d'une fillette entièrement vêtue de vert dans la Forêt Enchantée.

❶ Cet article paru dans le journal *Actu-Flash.*

❷ Cette interview de Mme Chaperon, la mère de l'enfant.

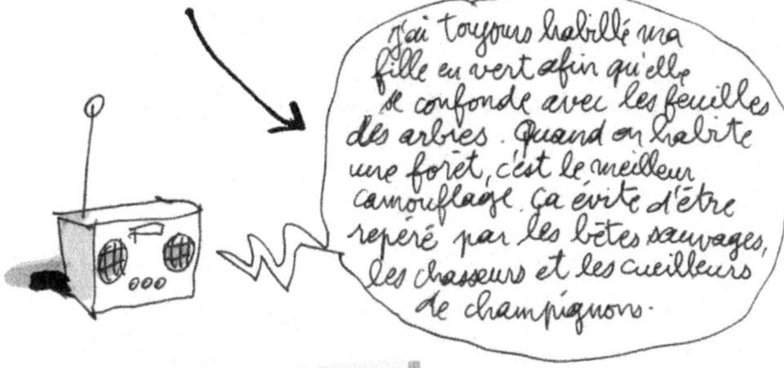

Pressing
de la Forêt Enchantée

Nom du client : Lolita Chaperon

- ☒ Manteau à capuche vert .... 5 €
- ☒ Robe verte .... 3 €
- ☒ Chaussettes vertes .... 1 €
- ☒ Culotte verte .... 1 €
- ☐ Baskets vertes .... 0 €

(Nous ne lavons pas les chaussures.)

❸ Cette note de pressing.

On devrait dire « le Petit Chaperon vert », Alors ?

Exactement ! D'ailleurs, à la vendeuse de Miniprix qui tentait de lui refiler une paire de gants jaunes, la fillette aurait déclaré :

Le Petit Chaperon vert était-il réellement petit ?

Max Fox a interrogé ses ex-compagnes de classe.
« Pas du tout ! Lolita Chaperon avait une tête de plus que nous ! lui ont-elles affirmé.
– Cette deuxième tête était particulièrement indisciplinée, a ajouté la maîtresse. Elle chantonnait quand je réclamais le silence, m'interrompait sans cesse avec des jeux de mots ridicules, rigolait, faisait des grimaces, bref, troublait mes cours de trente-six manières. Je me souviens d'un jour où elle a successivement bâillé, éternué, toussé, craché, eu le hoquet et vomi son petit déjeuner, en l'espace de dix minutes. J'ai cru que je n'en viendrais jamais à bout ! »

Qu'y avait-il dans le panier de Lolita Chaperon ?

On a prétendu qu'il contenait une galette et un pot de beurre. C'EST FAUX !
En réalité, il contenait UNIQUEMENT des œufs.

Comment pouvons-nous en être sûrs ?

Grâce à cette ordonnance écrite par le docteur Chouettesanté et retrouvée par Max Fox dans le tiroir du buffet de Mme Mèregrand.

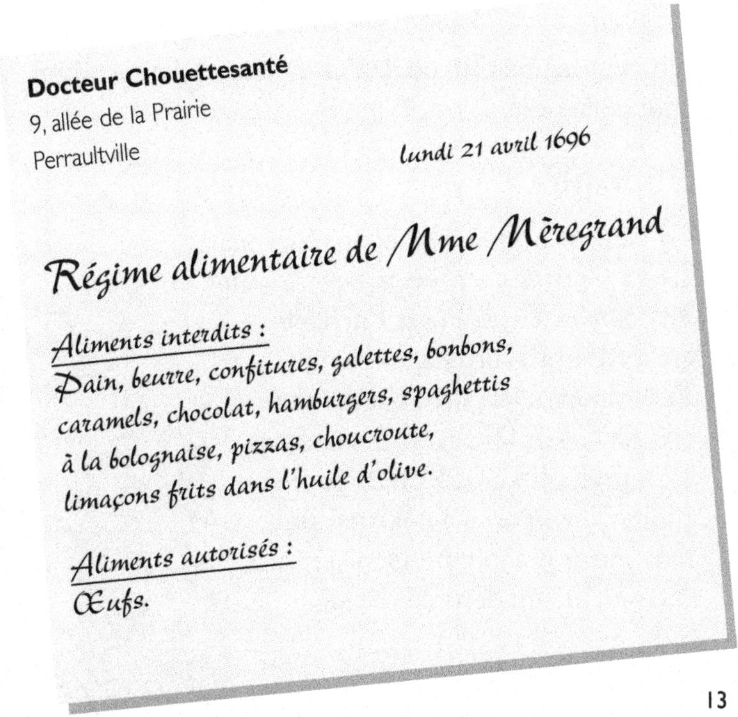

Docteur Chouettesanté
9, allée de la Prairie
Perraultville

lundi 21 avril 1696

Régime alimentaire de Mme Mèregrand

Aliments interdits :
Pain, beurre, confitures, galettes, bonbons, caramels, chocolat, hamburgers, spaghettis à la bolognaise, pizzas, choucroute, limaçons frits dans l'huile d'olive.

Aliments autorisés :
Œufs.

Et le loup ?

Max Fox est formel sur ce point :

On peut même dire qu'ils ont toujours fui cet endroit comme la peste.

Pourquoi ?

Ce vieux proverbe l'explique clairement : *Là où poussent des champignons, les loups attrapent des boutons.* Or, la Forêt Enchantée est TRUFFÉE de champignons. Et les loups, c'est bien connu, sont très COQUETS : avoir des boutons est un véritable SUPPLICE pour eux. Lolita Chaperon n'a donc pas pu rencontrer le moindre loup sur son chemin, ni être dévorée par lui.

Alors, que s'est-il réellement passé ?

Regarde attentivement cette photo parue dans la revue *Actu-Flash*.

12 mai 1696

Actu-

Lolita Chaperon, se rendant chez sa grand-mère, comme tous les mercredis après-midi.

Que remarques-tu ?

Lolita porte DES GANTS.

Et de quelle couleur sont ces gants ?

JAUNES ! (La photo est en noir et blanc, mais Max Fox en a retrouvé un exemplaire en couleurs dans les archives du journal !)

Tu comprends maintenant ?

Non ? Voyons, rappelle-toi ce que Lolita a dit à la vendeuse de Miniprix : « Le jour où je porterai ne autre couleur que le vert, LES POULES AURONT DES DENTS. » Eh oui, la voilà dans toute son horreur, la tragédie de la Forêt Enchantée ! La pauvre enfant n'a pas rencontré le loup, au cours de sa fatale promenade, elle a rencontré mille fois pire : des poules carnivores !

ACTU

La véritable histoire du GRAND CHAPERON VERT

Ce mercredi après-midi-là, Mme Chaperon confie à sa fille, le Grand Chaperon vert, un petit panier contenant des œufs pour sa grand-mère qui habite de l'autre côté de la Forêt Enchantée. Docilement, la fillette enfile ses gants jaunes – que la vendeuse de Miniprix a, finalement, réussi à lui vendre ! – et part.

En chemin, outre le photographe d'*Actu-Flash*, elle rencontre une poule qui lui dit :

« Où vas-tu de ce pas, belle enfant à deux têtes ?

– Porter des œufs à ma grand-mère », répond naïvement Lolita.

À ces mots, la poule entre dans une grande colère.

« Mes petits ! hurle-t-elle. Rends-moi mes petits, espèce de kidnappeuse ! »

Comme le Grand Chaperon vert refuse, la poule appelle ses copines. Aussitôt, des quatre coins du bois surgissent des volailles en colère, montrant férocement les dents. Prise de peur, le Grand Chaperon vert s'enfuit. Par chance, elle porte ses baskets de compétition sur coussin d'air, grâce auxquelles elle sème sans peine ses poursuivantes.

Elle parvient donc en nage – mais saine et sauve – devant la porte de sa grand-mère.
« Tire la chevillette, la bobinette cherra », lui crie celle-ci, de son lit où elle fait la sieste.

Lolita obéit et referme soigneusement la porte derrière elle. Mais au même instant, les œufs éclosent et, du panier, sortent des poussins mutants, pourvus d'une mâchoire de requin. Ils se précipitent sur les deux occupantes du logis et les dévorent. Seule l'une des têtes du Grand Chaperon vert échappe au carnage en roulant sous le lit.

Comment connaissons-nous ce détail ?

Cette tête est conservée dans une vitrine, au musée des Horreurs de Perraultville.

RÉPUBLIQUE FRANÇAISE

Carte d'identité du héros

Nom : Cédric Poucet

Surnom : Le Petit Poucet

Âge : 12 ans

Domicile : 14, impasse des Lutins
Perraultville

LE PETIT POUCET

Si l'on en croit le conte,
Cédric Poucet aurait été perdu par son père dans la forêt, ainsi que ses six frères.
Il y aurait rencontré un ogre dont il aurait volé les bottes de sept lieues, après l'avoir poussé à massacrer ses propres filles.

TOUT D'ABORD, LE PETIT POUCET ÉTAIT-IL BIEN LE FILS D'UN PAUVRE BÛCHERON ?

Pas du tout !
L'enquête de Max Fox
nous révèle que
M. Alphonse Poucet,
son père, était
chef de rayon
au Miniprix.

Il avait quand même six fils ?

Faux également ! Cédric était enfant unique. Ses six «frères» étaient en réalité les joueurs de son club de foot, le P. P. F. (Le Petit Poucet et ses Frères).

Un club de foot avec seulement sept joueurs ?

Dans la vie courante, ils sont onze, d'accord, mais pas dans les contes de fées ! Dans les contes de fées, les équipes de foot comportent TOUJOURS sept joueurs. De même que le ping-pong se joue à trois, les échecs à douze et les petits chevaux à quatre-vingt-dix-neuf.

Avons-nous la preuve de l'existence de ce club ?

Oui, nous en avons même plusieurs :

❶ Cet article paru dans *Actu-Flash* :

13 août 1696

Actu-Flash

Championnat de football à Perraultville

Le match opposant L'Olympic des Fées au Petit Poucet et ses Frères a eu lieu hier, dans le stade de la Forêt Enchantée. La victoire a été remportée par Le Petit Poucet et ses Frères avec un score de 4 à 2.

Le Petit Poucet à l'action.

Accident gra

❷ Cette lettre, écrite par la fée Carabosse à sa sœur, et conservée au musée des Horreurs de Perraultville :

Carabosse
8, impasse des Sortilèges
Perraultville

13 août 1696

Ma chère sœur,

Comme tu le sais, je suis avant-centre à L'Olympic des Fées. Hier, nous avons été battues à plate couture par Le Petit Poucet et ses frères. Cela m'a tellement énervée que je me suis trompée dans mes formules magiques, au baptême de la Belle au Bois dormant. J'ai transformé la pauvre enfant en tarte à la rhubarbe. Quelle effroyable gaffe ! On ne devrait jamais se rendre à un baptême après un match de foot, c'est très dangereux !

Affectueusement,

Carabosse

Pourquoi M. Poucet a-t-il perdu son fils dans la forêt ?

PARCE QU'IL A CRAQUÉ.

Imagine la scène : le club de foot s'entraîne dans le jardin de Cédric pendant que son père regarde les infos à la télé. Les joueurs crient, le ballon cogne la vitre.

M. Poucet, fatigué par sa journée de travail (le métier de chef de rayon au Miniprix est épuisant !), pique sa crise et éjecte tout le monde. Protestation de Cédric :

« Mais p'pa, où veux-tu qu'on aille ?

– Là où vous ne dérangerez personne ! »

répond Alphonse Poucet.

Et il embarque tous les joueurs dans sa voiture pour aller les perdre dans la forêt.

IMENSE
FORET

Et l'histoire des cailloux blancs ?

Voici ce qu'en dit Max Fox :

Ce P.V. dressé par M. Pruneau, l'agent de police de Perraultville, nous le prouve :

PV

M. Alphonse Poucet est condamné à payer une amende de 10 000 dollars pour pollution de la nature par son fils mineur, Cédric Poucet.

POLICE DE PERRAULTVILLE

Conseil :

Si tes parents décident de te perdre dans la forêt, évite de semer tes canettes de soda et tes barquettes de frites derrière toi, C'EST ILLÉGAL. Les tartes à la rhubarbe, par contre, sont autorisées. Le seul problème, c'est que les tartes écrasées, ÇA GLISSE. Quand on marche dessus, ON SE CASSE LA JAMBE !

Recette de la tarte à la rhubarbe

1 • Prépare de la pâte à tarte.

2 • Roule-la avec un rouleau à pâtisserie (ou, à défaut, avec un rouleau compresseur, si ton papa travaille dans le bâtiment).

3 • Place des petits bouts de rhubarbe à l'intérieur, saupoudre de sucre, et mets ta préparation au four.

4 • Quand la tarte est cuite, sème-la dans la nature.

Que font Le Petit Poucet et ses Frères, une fois perdus dans la forêt ?

Ils pleurent, gémissent, grelottent ?

Pas du tout !

Ils se remettent à jouer !

Et l'ogre, alors ?

Non loin de là habite, effectivement, M. Émile Logre, retraité. Le brave homme s'est installé dans une petite clairière par besoin de calme.

Agressé par les cris des jeunes sportifs, il sort de chez lui pour réclamer le silence :

C'est une façon de parler, bien entendu : en réalité, M. Logre est végétarien. En ronchonnant, Le Petit Poucet et ses Frères rangent leur ballon et vont cueillir des champignons.

Et Émile Logre, que fait-il ?

Il va se coucher. Or il ne vit pas seul : il a sept filles qui adooorent le foot : **A**nne, **B**éatrice, **C**atherine, **D**enise, **É**milie, **F**rançoise et **G**eneviève.
Aussi, dès que leur père est endormi, elles courent retrouver Le Petit Poucet et ses Frères et les poussent à reprendre l'entraînement.

Au cours de l'enquête,
Béatrice avouera à Max Fox :

Que se passe-t-il pendant le sommeil de M. Logre ?

L'entraînement se poursuit sans incident jusqu'à l'aube. Puis, c'est le drame. En voulant marquer un but, le Petit Poucet perd sa basket qui vole en l'air et retombe dans un terrier de lapin. Impossible de la récupérer.

Pourquoi est-ce un drame ?

Tu as déjà joué au foot en chaussettes, toi ?
Ce n'est pas dramatique, peut-être ?

Que fait Cédric, alors ?
Il arrête de jouer ?

Extrait de l'*Actu-Flash.* :

29 août 1696

Actu-Flash

La police vient d'arrêter Cédric Poucet, capitaine du club de football Le Petit Poucet et ses Frères, suite à une plainte de M. Logre, retraité.

Le jeune homme lui aurait dérobé, durant son sommeil, une paire de bottes de la marque Desetlieu à laquelle il tenait beaucoup. Il semble que les propres filles de la victime soient complices du voleur.
« Ce voyou leur a fait perdre la tête ! » affirme le malheureux père.
« Ce n'était pas un vol, c'était juste un emprunt, se défend le coupable. Ces bottes, c'est tout ce qu'on a trouvé à ma taille dans la maison. Je ne pouvais quand même pas jouer au foot en chaussettes ! »

Précisons que les bottes Desetlieu sont antidérapantes et permettent de marcher sur les tartes à la rhubarbe sans glisser.

Et que se passe-t-il ensuite ?

Cédric Poucet, après avoir rendu les bottes Desetlieu à leur légitime propriétaire, est renvoyé chez lui avec une amende de 10 000 dollars.

Mais en chemin, il glisse sur une tarte à la rhubarbe et se casse la jambe.

Bilan de l'opération :

10 000 dollars pour pollution de site protégé (voir p. 28.)

+ 10 000 dollars pour vol de bottes Desetlieu

+ 10 000 dollars de frais d'hôpital

30 000 dollars

Comme Cédric est mineur, c'est son père, M. Alphonse Poucet, qui est obligé de payer. Toutes ses économies y passent. Du coup, il devient aussi pauvre que le plus pauvre des bûcherons.

En conclusion

Perdre son fils dans la forêt,
C'EST COMPLÈTEMENT IDIOT.
En fin de compte, ça se retourne TOUJOURS contre vous !

* Précisons qu'Orman se trouve juste à côté de Perraultville, et que le père de Mabel, M. Antoine Hautbois, fut maire d'Orman de 1681 à 1712.

LA BELLE AU BOIS DORMANT

Si l'on en croit le conte,
Mabel aurait été victime d'une malédiction
le jour de son baptême : elle devait s'endormir
et être réveillée, cent ans plus tard,
par le baiser d'un prince charmant.

TOUTE LA VÉRITÉ SUR LE BAPTÊME DE MABEL

13 août 1696

Écho d'Orman

L'actualité d'Orman et de sa région

Incident au cours d'une réception à la mairie

À l'occasion du baptême de Mabel Hautbois, une réception a eu lieu hier à la mairie. Cette soirée fut troublée par un regrettable incident.

L'une des invitées, mademoiselle Carabosse, exerçant la profession de fée, a changé le bébé en tarte à la rhubarbe.

« Ce n'est pas ma faute, a-t-elle expliqué. Je voulais donne à Mabel la beauté, la santé e l'intelligence, mais ma langu a fourché. Forcément : j'éta énervée par la défaite de mo équipe de foot. »

Les malheureux parents se so empressés de mettre leur fi au frigo, de peur que les invi ne la sèment dans la nature.

1
2
Zut !
3
qu'elle est mignonne
on en mangerait
le frigo et le père
de l'enfant la tarte
FRIGO
4

Comment changer tes amis en tartes à la rhubarbe ?

C'est beaucoup plus facile que de la préparer !
Mets-toi sur un pied, louche et répète dix fois de suite, le plus vite possible :

Ces six chats sont chanceux :
Sacha chasse,
Sushi sue,
Chichi sèche au chaud,
Chow-chow sait son show,
Chouchou scie son saucisson,
Sissi suce son chausson (ça, c'est sot !).

Attention !

Veille bien à ce que ta langue ne fourche pas !
Dans le domaine de la magie, la moindre erreur peut être fatale.
Si tu dis, par exemple : « Ces six éléphants sont chanceux », ou « Ces vingt-quatre dinosaures sont abonnés à Internet », ÇA NE MARCHERA PAS !
Au lieu de se transformer en tartes à la rhubarbe, tes amis risquent de devenir beaux, intelligents et en bonne santé.
Si toutefois tu préfères les changer en clafoutis aux cerises, voici la formule : « Tirim, taram, piouts ». Mais elle ne fonctionne qu'à la saison des cerises. En dehors de cette saison, elle transforme en crapaud.

Rappel

Semer du clafoutis aux crapauds dans la nature est FORMELLEMENT INTERDIT, sauf s'il est BIO-DÉGRADABLE. Pour se procurer du clafoutis aux crapauds biodégradable, une seule adresse : pâtisserie Dugâteau à Perraultville.

C'est très joli tout ça, mais qu'est-il arrivé à la pauvre Mabel ?

Dans le *Grand Manuel des Fées* (Éditions Vathan, 15 €, en vente dans toutes les bonnes librairies), il est écrit : « Toute personne métamorphosée en tarte à la rhubarbe le restera durant cent ans. Au bout de ce laps de temps, si un prince charmant glisse dessus, elle se transformera en jeune fille. Ils pourront ensuite se marier et avoir beaucoup d'enfants. »

C'est ce qui s'est passé ?

Pas du tout.

Pourquoi ?

Parce que le manuel raconte n'importe quoi.

❶ Une tarte à la rhubarbe conservée pendant cent ans, même au frigo, ne glisse plus : elle est aussi dure qu'un caillou.

❷ Les princes ne glissent JAMAIS sur les tartes à la rhubarbe, même fraîches, parce qu'ils portent TOUS des bottes Desetlieu.

❸ Il y a très peu de princes charmants à Perraultville. En revanche, les joueurs de foot y pullulent, tous les sondages le prouvent.

Sondage

Professions exercées par les habitants de Perraultville depuis 1683 :

Joueurs de foot : 70 % de la population.
Employés chez Miniprix : 18 % de la population.
Fées : 5 % de la population.
Divers : 7 % de la population.
Princes charmants : 0,00001 % de la population.

Mabel Hautbois aurait donc eu 0,00001 chance sur cent qu'un prince charmant lui glisse dessus.

Interview

divers
Joueurs de foot
ALLEZ LE PPF
10F
Employés chez Miniprix
Prince charmant
fées

Que s'est-il réellement passé, alors ?

9 septembre 1709

ho d'Orman

L'actualité d'Orman et de sa région

Des poules carnivores dans la mairie d'Orman

Hier, aux alentours de vingt heures trente, des poules carnivores affamées ont envahi la mairie d'Orman.
Des dégâts considérables sont à déplorer, dont le pillage du frigo où était conservée, depuis treize ans, la fille du maire, Mabel Hautbois, transformée en tarte à la rhubarbe le jour d son baptême.
Malgré l'état de cette tart devenue aussi dure qu'u caillou, les monstres n'en o pas laissé une miette.
Nous présentons nos sincèr condoléances à la famil Hautbois.

Mais... c'est horrible !

Inutile de te mettre dans un état pareil, attends la suite.

Ah, parce qu'il y a une suite ?

Oui, regarde ce débat télévisé dont la cassette est conservée au musée des Horreurs de Perraultville.

Docteur
Samuel Scalpel,
célèbre zoologue

Professeur
Amédée Bistouri,
éminent biologiste

Lequel des deux savants a raison ?

Pour le savoir, Max Fox s'est rendu dans la Forêt Enchantée interviewer les poules carnivores, retranchées dans la maison de Mme Mèregrand (qu'elles habitent depuis son décès).

Interview

Ont-elles obtenu ce qu'elles demandaient ?

Le maire d'Orman leur a fait livrer trois tonnes de pizzas.

Et elles les ont mangées ?

Non, mais elles ont mangé le livreur, et l'ont trouvé fort à leur goût.

Ont-elles relâché Mabel, après ça ?

Non.

Pourquoi ?

Parce qu'elles sont MALHONNÊTES.

Lamentable ! On nage en plein délire ! Un chat botté, tu imagines ça ? Il faudrait être complètement nul pour croire une histoire aussi stupide ! Essaie de mettre des bottes à ton chat, et tu verras !
Il les réduira en charpie ! Personnellement, j'ai essayé de mettre des tongs au mien, c'est devenu une vraie boule de fureur !

LE CHAT BOTTÉ

Si l'on en croit le conte,
le maître de l'animal l'aurait obligé
à porter des bottes.

PEUT-ON CONCLURE QUE LE CHAT BOTTÉ NE PORTAIT PAS DE BOTTES ?

On peut.

Il n'y a pas d'histoire, alors ?

Si, comme le prouve le témoignage de Mlle Lafille-Duroy, employée à la pâtisserie Dugâteau de Perrault-ville :

Ce que Mlle Lafille-Duroy ne nous dit pas, c'est qu'au premier regard, ils tombent follement amoureux l'un de l'autre. À peine arrivé à l'hôpital, le marquis la demande en mariage. Elle accepte sans hésiter.

« Si mon chat n'avait pas réduit mes bottes Desetlieu en charpie, déclare l'heureux fiancé au docteur Chouettesanté qui lui plâtre la jambe, jamais je n'aurais rencontré la femme de ma vie ! »

Et le chat, que devient-il dans tout ça ?

Plein de remords – car il ignore que l'accident dont il est la cause a apporté le bonheur à son maître –, il décide de braquer une banque pour se faire pardonner.

Comment réagit le banquier ?

Il décroche son téléphone et appelle la fourrière.

Et le chat le laisse faire ? Il ne lui tire pas dessus ?

Non : il n'a pas de revolver. La veille, il l'a réduit en charpie, en le confondant avec une paire de bottes.

Il est complètement idiot, cet animal !

En général, les chats ne sont pas doués pour les hold-up. C'est pour ça qu'il y a très peu de chats gangsters.

Qu'arrive-t-il ensuite ?

Durant son transport, le camion de la fourrière entre en collision avec un OVNI. Le chat en profite pour s'échapper et court se cacher dans la Forêt Enchantée, où les poules carnivores le prennent en otage. Leur but est, tu le devines, de l'échanger contre un livreur de pizzas. Mais comme il n'y en a plus, elles ont mangé le seul de la région !), elles décident de le garder comme animal de compagnie.

Comment se termine l'histoire ?

Le marquis de Carabas et Mlle Lafille-Duroy se marient et ils ont beaucoup d'enfants.

Une petite mise au point, pour commencer. La jeune fille dont il est question ici n'a JAMAIS été une princesse, comme le prétend la tradition. Elle était en réalité charcutière.

PEAU D'ÂNE

Si l'on en croit le conte,
Jacqueline Groporc se serait enfuie de chez elle pour échapper à son père qui voulait l'épouser, et se serait cachée sous une peau d'âne jusqu'à ce qu'elle rencontre un prince charmant.

Se cacher sous une peau d'âne, pfff, c'est ridicule ! Et pourquoi pas sous une peau de saucisson, tant qu'on y est ?

Oui, au fait, pourquoi pas ? D'ailleurs, c'était le cas. Normal, pour une charcutière, non ?

Il était une fois une jeune fille surnommée Peau de Saucisson. On l'appelait ainsi car, au lieu de porter des robes de soie et de velours, comme c'est la mode dans les contes, elle était entièrement vêtue de peaux de saucissons (et, éventuellement, de gras de jambon).

Beurk !

Ben quoi ? Chacun ses goûts !

La rumeur disant que le père de Peau de Saucisson voulait épouser sa fille est-elle fondée ?

Ça va pas, la tête ?

Alors, pourquoi s'est-elle enfuie de chez elle ?

Parce qu'elle avait peur qu'il la confonde avec un VRAI saucisson et la découpe en rondelles.

**Et pourquoi,
au lieu de cette ridicule
peau de saucisson,
ne portait-elle pas
sa robe couleur
de temps ? Ça aurait
résolu le problème !**

Parce que cette robe
n'a jamais existé !

Lucien Groporc n'a pas offert à sa fille une robe couleur de temps, une autre couleur de clair de lune, et une troisième couleur de tarte à la rhubarbe ?

C'est justement la question posée par Max Fox à Mme Amélie Froufrou, couturière à Orman. Voici sa réponse :

REPRENONS L'HISTOIRE DEPUIS LE DÉBUT

Vêtue de sa robe couleur de tarte à la rhubarbe, Jacqueline Groporc se rend au baptême de Mabel Hautbois. En fait, ce n'est qu'un prétexte pour s'éloigner de son père. La jeune fille n'a qu'une seule idée : fuir le domicile paternel où ses jours sont en danger. Mais elle ignore encore comment s'y prendre.

Par chance, les événements vont lui être favorables.

En pénétrant dans la mairie, où la cérémonie bat son plein, Jacqueline Groporc glisse sur l'ourlet de sa robe trop longue, s'étale par terre et se casse la jambe.

« La couturière va avoir de mes nouvelles ! » s'écrie-t-elle, furieuse. Et, d'un geste rageur, elle arrache le vêtement et le jette derrière elle.

Comment connaît-on ce détail ?

Il est relaté par Mme Hautbois, mère de la petite Mabel, dans son journal intime :

l'une des invitées, s'étant cassé la jambe,
a subitement retiré sa robe et, au grand scan-
dale de l'assistance, est apparue vêtue
de petits dessous en peau de saucisson.

S'ensuit le **brouhaha** que l'on imagine...

Mais ce que personne n'a remarqué,

dans l' affolement,

c'est OÙ a atterri la robe.

Eh bien, où a-t-elle atterri ?

SUR LE BÉBÉ ! Et ce n'est pas tout : À L'INSTANT MÊME OÙ LA FÉE CARABOSSE PRONONÇAIT SA FORMULE. On comprend que la pauvre femme, déjà fort nerveuse, ait été troublée !
Bref, la fée Carabosse, croyant que sa langue a fourché, est persuadée d'avoir changé la petite Mabel en tarte à la rhubarbe.
En réalité, ce qu'elle voit, C'EST LA ROBE QUI RECOUVRE L'ENFANT.
D'ailleurs, toute l'assistance s'y laisse prendre, à commencer par les parents. Et l'on met la robe de Jacqueline Groporc au frigo tandis que, dans la confusion la plus totale, Peau de Saucisson est transportée à l'hôpital d'Orman.

Sondage

- Marches-tu sur l'ourlet de ta robe chaque fois que tu te rends à la mairie ?
  - ❑ Oui
  - ❑ Non
  - ❑ Parfois
  - ❑ Sans opinion

- Si oui, est-ce parce que :
  - ❑ Ta robe est trop longue ?
  - ❑ Tes jambes sont trop courtes ?

- Si non, est-ce parce que :
  - ❑ Tu ne portes que des minijupes ?
  - ❑ Tu ne portes que des pantalons ?
  - ❑ Tu es un garçon ?
  - ❑ Tu es un Écossais, et les kilts traînent rarement par terre ?

- Penses-tu que pour te rendre à la mairie, il vaut mieux :
  - ❑ S'habiller normalement ?
  - ❑ Porter des petits dessous en peau de saucisson (ou en gras de jambon) ?
  - ❑ Rester tout nu ?

Le but de ce sondage est de découvrir quelle est la tenue LA MOINS DANGEREUSE pour se rendre à la mairie.
En effet, le nombre de jambes cassées dans les mairies ne cesse d'augmenter. Rien que pour l'année dernière, on comptabilise mille quatre cent vingt-cinq fractures, douze foulures et quatre-vingt-huit orteils tordus. Nous sommes en face d'un véritable FLÉAU ! Va-t-on devoir INTERDIRE l'accès des mairies à toute personne possédant DES JAMBES ?

Mais... que devient la petite Mabel dans tout ça ?

Effrayée par ce remue-ménage, la petite Mabel – que la formule magique de la fée Carabosse a rendue belle, intelligente et en bonne santé – s'extirpe en rampant de sous la robe couleur de tarte à la rhubarbe, et se réfugie sous une armoire où elle s'endort.

Combien de temps dormira-t-elle ?

Cent ans.

Mais alors, les poules carnivores ne l'emmènent pas en otage ?

Eh non ! Ce que les poules prennent pour Mabel Hautbois n'est en réalité que la vieille robe de Jacqueline Groporc, complètement desséchée et parfaitement IMMONDE. Voilà pourquoi elles ne l'ont pas mangée !

Comment se termine l'histoire de Mabel Hautbois d'Orman ?

Au bout de cent ans, Leonardo DiCapriccio, le balayeur municipal, la trouve, toujours endormie sous son armoire. (On ne balaie les mairies qu'une fois par siècle, par mesure d'économie.) Elle est devenue très vieille. Alors, il l'emmène dans la maison de retraite d'Orman. Max Fox a interrogé le docteur Chouettesanté, directeur de cette maison de retraite.

Enquête

Max Fox :

Quel genre de vieille dame était Mabel Hautbois ?

Docteur Chouettesanté :

« Très remuante : elle passait ses nuits à faire la fête. « Plus question que je ferme l'œil ! disait-elle. J'ai cent ans de sommeil à rattraper ! » Elle a fini par épouser l'un de nos pensionnaires, M. Armand Leprince. Le pauvre homme est mort d'épuisement peu après : chaque fois qu'il s'endormait, elle l'embrassait pour le réveiller ! »

laïlaïla
Johnny
ENRICO MACIAS

Si nous en revenions à Peau de Saucisson ?

Durant son séjour à l'hôpital d'Orman, Jacqueline Groporc fit la connaissance du marquis de Carabas, qui s'y trouvait également, et en tomba follement amoureuse.

Hélas, le cœur du marquis était déjà pris par sa fiancée, Mlle Lafille-Duroy. De plus, il DÉTESTAIT le saucisson (ainsi, d'ailleurs, que le gras de jambon). Rien n'était donc possible entre eux.

Désespérée, Peau de Saucisson, une fois guérie de sa jambe cassée, retourna chez son père. Dans un moment de distraction, ce dernier la découpa en rondelles.

Que sont devenues les rondelles de Jacqueline Groporc ?

Elles sont conservées dans une vitrine, au musée des Horreurs de Perraultville.

Lettre de protestation

Cher monsieur Max Fox,

Je trouve inadmissible que Mabel Hautbois prenne autant de place dans le chapitre qui est réservé à mon arrière-arrière-arrière-arrière-arrière-arrière-arrière-arrière-grand-tante, Jacqueline Groporc. Ce n'est pas parce qu'elle a été réduite en rondelles qu'il faut la négliger. J'exige donc, afin de réparer cette injustice, que vous consacriez une page entière à son œuvre. Car elle n'a pas toujours été charcutière, voyez-vous. Ni charcuterie. Avec l'aide d'une amie couturière, elle a également créé une collection de petits dessous en peau de saucisson et gras de jambon, que j'aimerais présenter ici.

Jennifer Groporc

La ligne Groporc et Froufrou

Tous ces modèles sont en vente par correspondance aux Éditions Vathan.

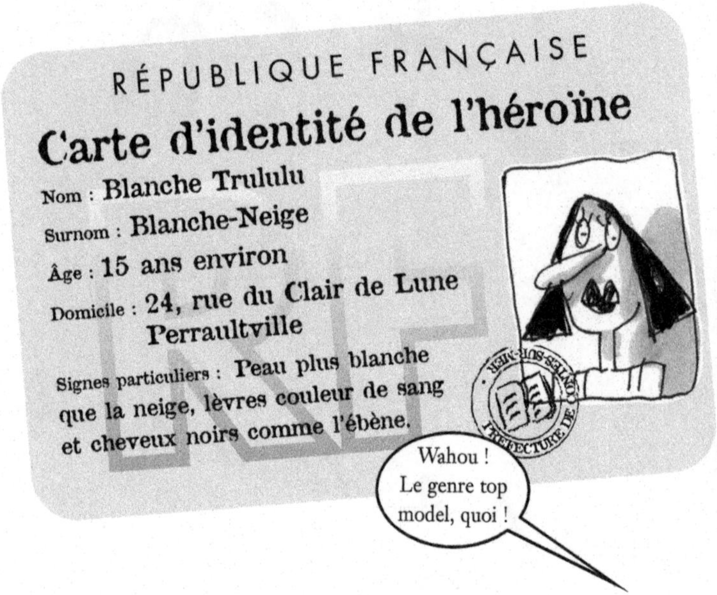

C'est quoi, ce nom ridicule ? Tu t'imagines en classe avec un nom pareil ? Tout le monde se ficherait de toi ! Exemples de noms ridicules : Rouge-Pétunia, Verte-Grenouille, Bleu-Cocard, Jaune-Nez-Qui-Coule. Que tous les enfants nommés Jaune-Nez-Qui-Coule fassent un pas en avant. Personne ? Tu vois bien ! Grâce à cette démonstration, on peut affirmer que Blanche-Neige ne s'est jamais appelée comme ça. Si elle se prénommait bien Blanche, son nom de famille était Trululu. Ça, au moins, ce n'est pas ridicule !

BLANCHE-NEIGE

Si l'on en croit le conte,
Blanche Trululu, menacée par une méchante belle-mère jalouse de sa beauté, aurait été recueillie par les sept nains de la forêt.
La belle-mère, déguisée en sorcière, aurait tenté de l' empoisonner, et tout se serait arrangé à la fin.

Qui était en réalité Blanche Trululu ?

La fille de Célestin Trululu, veuf de Marcelle Trululu (née Cocorico), et remarié avec Guiguite von Plumpuding, une ancienne actrice de cinéma spécialisée dans les films d'amour.

Photo du mariage de Célestin Trululu et Guiguite von Plumpuding

Guiguite von Plumpuding était-elle jalouse de sa belle-fille, comme on le prétend ?

Horriblement. Voici ce qu'elle écrit dans son journal intime :

Inutile de préciser que Guiguite avait très mauvais caractère !

Le miroir magique existait donc vraiment ?

Oui ! Un document, provenant de l'entreprise Miroitex (24, boulevard du Traintrain-Quotidien, à Orman), et conservé au musée des Horreurs de Perraultville, le prouve. Il s'agit du certificat de garantie d'un miroir parlant de marque Magic.

Et les sept nains ?

Ça, en revanche, c'est de la blague.
IL N'Y A JAMAIS EU DE NAINS DANS LA FORÊT ENCHANTÉE.
Max Fox est formel sur ce point :
Les seuls nains qui existent dans la région sont des nains de jardin en plâtre !

Alors, c'est quoi, ces sept petits bonshommes qui ont recueilli Blanche ?

Des extraterrestres.

Hein ???

Rappelle-toi : qu'arrive-t-il au camion de la fourrière qui transporte le chat du marquis de Carabas ? Allons, un petit effort de mémoire. Il rentre en collision avec... avec... (Si tu ne t'en souviens pas, retourne voir P. 56.)
Il entre en collision avec... UN OVNI !
Et que trouve-t-on, généralement, dans les OVNIS ? Des... des... DES EXTRATERRESTRES. Bravo ! Sept petits extraterrestres qui, privés de leur soucoupe endommagée par l'accident, se réfugient dans la forêt.

Comment se fait-il que nous n'en ayons pas entendu parler plus tôt, de ceux-là ?

Parce que, étant verts (comme tous les extraterrestres), ils se confondent avec le feuillage.

QUE S'EST-IL PASSÉ RÉELLEMENT, ALORS ?

Voici, dans toute sa tragique simplicité, la véritable histoire de Blanche Trululu, telle qu'elle nous est racontée par Max Fox dans son livre intitulé : *Enquête sur les secrets de la Forêt Enchantée* (Éditions Vathan, 13€, dans toutes les bonnes librairies).

10 décembre 1696, 9 heures du matin :

Guiguite von Plumpuding s'éveille. Son premier geste est de consulter son miroir Magic.

« Miroir, mon beau miroir, qui est la plus jolie femme de Perraultville ? demande-t-elle. (Car elle n'a pas seulement très mauvais caractère, elle est, en plus, terriblement vaniteuse. Une sale bonne femme, quoi !)

– Sûrement pas toi, vieille chouette ! répond le miroir, qui est une sorte d'ordinateur, programmé pour dire la vérité.

– Qui, alors ?

– Ta belle-fille, Blanche. D'ailleurs, elle vient d'être engagée par la Paramount pour tourner le rôle principal dans leur prochain film d'amour : *Les Dents de la mémère.* »

Guiguite von Plumpuding manque d'avaler sa langue.

« QUOI ?!? hurle-t-elle. Mais on m'avait promis ce rôle, à moi !

– Pfff, t'es bien trop moche ! » répond le miroir, qui n'est pas programmé pour la politesse.

- 569

La véritable histoire de Blanche Trululu

VIEILLE
CHOUETTE

ES-TU PROGRAMMÉ(E) POUR LA POLITESSE ?

❶ Déclares-tu aux anciennes actrices qu'elles sont moches ? (Oui) (Non)

❷ Fais-tu des grimaces aux gens, dans la rue ? (Oui) (Non)

❸ Quand la maîtresse te demande de réciter tes leçons, réponds-tu : « Poil au front » ? (Oui) (Non)

❹ Quand ta maman te demande d'aller promener le chien, réponds-tu : « Poil aux mains » ? (Oui) (Non)

❺ Quand ton papa te demande de descendre la poubelle, réponds-tu : « Poil aux aisselles » ? (Oui) (Non)

❻ Quand ta petite sœur te demande de l'aider à faire ses tresses, lui tires-tu les cheveux ? (Oui) (Non)

Résultats

- Si tu as répondu OUI à toutes les questions, tu es un(e) affreux(se) impoli(e) et je n'aimerais pas te fréquenter.
- Si tu as répondu NON à toutes les questions, tu es un(e) affreux(se) menteur(se), et je n'aimerais pas te fréquenter non plus.
- Si tu as répondu moitié-moitié, tu es plutôt sympa (poil aux bras) et je suis d'accord pour te fréquenter (poil au nez).

Si nous en revenions à Blanche Trululu ?

(Poil au... Hé, ho, c'est pas bientôt fini, ce jeu idiot ?)

Guiguite von Plumpuding, donc, entre dans une grande colère quand elle apprend que sa belle-fille lui a soufflé son rôle.
Et elle décide de se venger.

Comment ?

De la pire manière : elle va livrer Blanche aux poules carnivores. « Comme ça, se dit-elle, j'en serai débarrassée. »

Horrible, non ?

En fait, Guiguite n'a pas seulement mauvais caractère et n'est pas seulement vaniteuse, elle est en plus MONSTRUEUSEMENT MÉCHANTE.

Elle téléphone donc à un de ses anciens admirateurs, M. Alphonse Poucet, et lui demande d'emmener Blanche dans la forêt, sous prétexte d'aller cueillir des champignons.
« Abandonnez-la à proximité de l'ex-maison de Mme Mèregrand, afin que les poules carnivores la dévorent ! » recommande-t-elle.
Et elle ajoute, avec un rire atroce :

Quand je te disais qu'elle était méchante !

Et Alphonse Poucet accepte ?

Hélas, oui, car en échange de ce service, Guiguite lui a promis un camion de tartes à la rhubarbe (son mets favori !).

Tout excité à l'idée du festin, il embarque donc Blanche dans sa voiture, et la dépose dans une petite clairière pleine de champignons. Puis, pendant qu'elle fait la cueillette, il se sauve en douce.

Quel sale type !

Oui... mais il va être bien attrapé !

Ah ?

Ce qu'il ignore, c'est que c'est justement dans cette clairière que les extraterrestres ont installé leur campement.

IMAGINE LA SCÈNE

La nuit tombe. Blanche, ne comprenant rien à ce qui lui arrive, appelle :
« Monsieur Poucet ! Monsieur Poucet ! Mon panier est plein, si nous rentrions ? »
Mais personne ne lui répond. Alors, elle se met à pleurer. Pauvre petite, comme elle a peur, dans le noir ! Les branches des arbres lui font penser à de grandes mains crochues et les hurlements des hiboux à des cris de fantômes.

Soudain, elle aperçoit une lueur, dans les broussailles. Elle s'approche pour demander de l'aide, et tombe sur sept extraterrestres assis autour d'un feu. Tout d'abord, elle les prend pour des scouts déguisés. Mais ils la détrompent bien vite et ajoutent qu'ils meurent de faim.
« Qu'y a-t-il comme gibier, dans cette forêt ? demandent-ils.
– Des poules carnivores », répond la jeune fille.
À ces mots, les extraterrestres font des bonds de joie, car la poule rôtie est justement leur plat préféré.

Quelques minutes plus tard, armés de pistolets-laser-rôtissants, ils envahissent l'ex-maison de Mme Mère-grand et tuent toutes les poules, débarrassant ainsi la Forêt Enchantée de son fléau.
Ils en profitent pour délivrer le chat du marquis de Carabas et mettre la vieille robe couleur de tarte à la rhubarbe à la poubelle.

Et la nuit se termine, comme dans *Astérix*, par un grand festin.

C'est la fin de l'histoire ?

Pas du tout ! Car le lendemain, en regardant les infos à la télé, Guiguite von Plumpuding apprend ce qui s'est passé. Elle entre dans une fureur terrible et décide de prendre les choses en main. Déguisée en photographe, elle se rend à son tour dans la Forêt Enchantée.

Elle trouve Blanche ?

Oui, comme prévu, dans le campement des extraterrestres. « Bonjour, lui dit-elle – car malgré tous ses défauts, elle est bien élevée –, je viens vous photographier pour le journal *Actu-Flash*. Nous faisons un article sur la future star des *Dents de la mémère...* »
Ravie, Blanche prend la pose. Mais en réalité, l'appareil photo de Guiguite n'en est pas un, c'est une mitraillette. Hélas, la naïve Blanche ne s'en doute pas...

Quelqu'un d'autre, en revanche, a tout compris. Quelqu'un qui s'y connaît en armes, pour avoir déjà réduit un revolver en charpie.
Et ce quelqu'un, c'est... c'est... Devine !

Je ne sais pas, moi...
Le chat du marquis de Carabas ?

Exact ! Tu auras dix sur dix !

Donc, le chat du marquis de Carabas réalise en un éclair le danger qui guette Blanche qu'il adooore. Au moment où Guiguite von Plumpuding appuie sur la détente, il se jette sur elle, toutes griffes dehors. La balle, déviée par le choc, frôle la jeune fille sans la blesser. Effrayée, celle-ci se met à crier. Aussitôt, les extraterrestres sautent sur leurs pistolets-lasers et rôtissent Guiguite, qu'ils se partagent pour le petit déjeuner. Blanche, qui est végétarienne, se contente d'un café avec des croissants.

Et ça se termine comment ?

Blanche devient une grande star. Avec les millions que lui rapporte son film, elle fait réparer la soucoupe volante pour que les extraterrestres puissent retourner chez eux.

Le chat du marquis de Carabas entre dans le club de foot du Petit Poucet et ses Frères, où il se distingue comme gardien de but.

RÉPUBLIQUE FRANÇAISE

Carte d'identité de l'héroïne

Nom : Sandrine Lion

Surnom : Cendrillon

Âge : 15 ans

Domicile : 103, impasse de Nulle Part
Orman

CENDRILLON

Si l'on en croit le conte,
la pauvre Sandrine aurait, elle aussi, eu à souffrir de la méchanceté de sa belle-mère. [Décidément, c' est une habitude dans les contes !] Et comme si ça ne suffisait pas, Sandrine a, en plus, deux méchantes belles-sœurs et une marraine-fée... Quelle famille !

La belle-mère de Sandrine était-elle actrice, comme celle de Blanche Trululu ?

Pas du tout, elle dirigeait un salon de coiffure.

Persécutait-elle sa belle-fille ?

Oui ! Les témoignages de ses clients, interrogés par Max Fox, concordent sur ce point.

Marie-Laure Bloug
vendeuse au Miniprix

Marie-Rose Glagla
puéricultrice
Sans compter qu'elles raflent tous les pourboires!
Et en plus elles font des grimaces aux clientes!
La pauvre Sandrine a les mains tout abîmées par le shampooing et les décolorants
telle de la Fourchette
assistante sociale
Leonardo DiCapriccio
balayeur municipal

Pauvre petite Sandrine… Et personne ne vient à son secours ?

Si, sa marraine.

La fameuse marraine-fée ?

Une fée ? Quelle fée ? La marraine de Sandrine se nomme Sidonie Froufrou, et elle est couturière, comme sa sœur Amélie.

Mais alors... la citrouille changée en carrosse, les rats transformés en chevaux, les laquais, la pantoufle de verre, tout ça ?

Pfff, des carabistouilles !
Max Fox l'a bien expliqué dans son livre intitulé :
Si tu crois aux contes, t'es rien qu'un idiot !
(Éditions Vathan, 21 €, en vente dans toutes les bonnes librairies).

TA MARRAINE EST-ELLE UNE FÉE ?

❶ A-t-elle des problèmes avec le marchand de légumes parce qu'elle change sans arrêt ses citrouilles en carrosses ? (Oui) (Non)

❷ Transforme-t-elle les rats en chevaux et inversement, si bien que, quand elle t'accompagne au manège, tu te retrouves toujours à cheval sur un rat ? (Oui) (Non)

❸ Métamorphose-t-elle tes copains en tartes à la rhubarbe, en voulant les rendre beaux, intelligents et en bonne santé ? (Oui) (Non)

❹ T'a-t-elle métamorphosé(e) toi-même en tarte à la rhubarbe ? (Oui) (Non)

❺ Ne trouves-tu pas ça RIDICULE, une tarte à la rhubarbe chevauchant un rat ? (Oui) (Non)

Résultats

- Si tu as répondu OUI à toutes ces questions, ta marraine est sûrement une fée. Pourrais-tu m'envoyer une invitation pour le prochain match de foot de L'Olympic des Fées ?
- Si tu as répondu NON à toutes ces questions, ta marraine est probablement une couturière. Envoie-moi son adresse : ma robe est trop longue et je risque de me casser la jambe en marchant dessus.
- Si tu as répondu moitié-moitié, ne m'envoie rien du tout, car ta marraine n'est ni une fée ni une couturière, c'est une personne BANALE.

En vrai, qu'est-il arrivé à Sandrine Lion ?

Voici l'histoire telle que Max Fox a pu la reconstituer, au fil de son enquête :

Nous sommes dans le salon de coiffure.
Mme Belmère coupe les cheveux d'un client. Ses deux filles, Titine et Miloute, lisent des magazines, vautrées dans un fauteuil. Sandrine balaie le sol. Soudain, comme elle passe à côté de ses « sœurs », une petite annonce attire son attention :

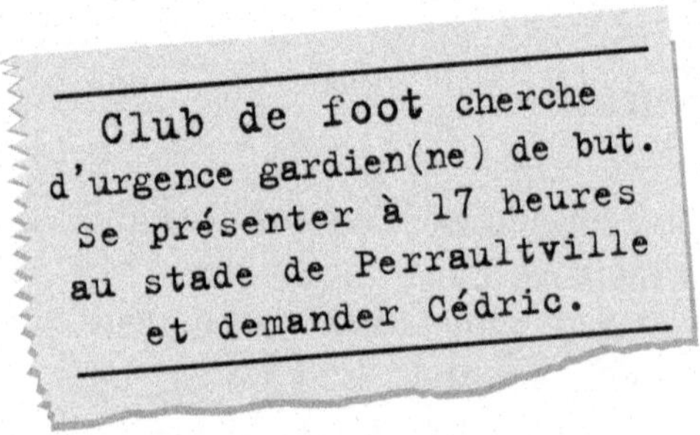
Club de foot cherche
d'urgence gardien(ne) de but.
Se présenter à 17 heures
au stade de Perraultville
et demander Cédric.

Or, Sandrine ADOOORE le foot. Elle aimerait mille fois mieux shooter dans un ballon que laver des cheveux et faire des teintures.
Malheureusement, elle n'a ni survêt, ni chaussures de sport. Peut-on décemment devenir gardienne de but sans survêt ni chaussures de sport ? Non, n'est-ce pas !

PAR ICI
et
PARLÀ
ON A RETROUVÉ
CHANTAL GOYA
MAG
MODE

Que fait Sandrine, alors ? Elle renonce ?

Pas du tout !

Profitant d'un instant d'inattention de sa belle-mère, elle s'éclipse et file chez sa marraine. Or, celle-ci vient justement de terminer un somptueux survêtement de bal incrusté d'or et de pierreries.
Elle le lui donne, ainsi que des baskets sur coussin d'air, ayant appartenu jadis au Grand Chaperon vert.
Ainsi vêtue, Sandrine est méconnaissable.
Toute contente, la jeune fille se rend au stade où Cédric l'engage immédiatement. Le Petit Poucet et ses Frères sont bien soulagés car, le soir même, ils disputent la demi-finale contre L'Olympic des Fées.
Or, le chat du marquis de Carabas, leur gardien de but officiel, s'est cassé la patte en glissant sur une tarte à la rhubarbe.

Ah, lui aussi ? Et on l'a transporté à l'hôpital ?

Évidemment !

Où voudrais-tu qu'on l'ait transporté, dans une boîte techno ? Avec son plâtre ? Ce serait pratique, tiens, pour danser !

Du coup, Sandrine peut enfin réaliser son rêve ?

Elle le croit, mais malheureusement, tout va encore une fois se compliquer.

Allons bon, que se passe-t-il ?

Le match commence. Soutenue par les applaudissements des supporters, Sandrine donne le meilleur d'elle-même.

Et tout à coup, c'est le drame.

Minuit sonne. En shootant trop énergiquement, Sandrine perd sa basket. La voilà en chaussettes dans le stade. Des rires et des sifflements montent des gradins. Morte de honte, la jeune fille s'enfuit sous les huées de la foule. Le lendemain, le cœur brisé, elle reprend son travail au salon de coiffure. Elle a rangé son beau survêtement au fond d'un placard. Après l'humiliation qu'elle vient de subir, elle est convaincue que sa carrière de footballeuse est bel et bien finie.

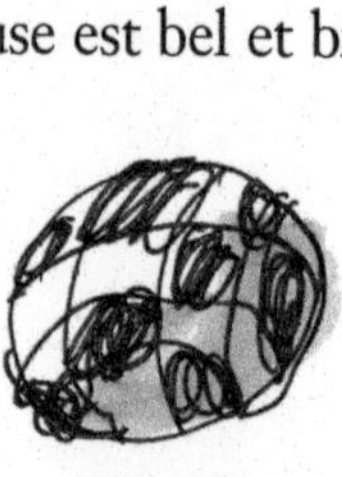

PPF
CLUB
PPF
CLUB
PPF
CLUB
LE DRAME

Pfff... Y en a marre de ces contes où tout va de travers !

Rassure-toi !
Cédric a récupéré la basket perdue. Or, l'odeur de cette basket est effroyable. (Normal : on transpire beaucoup pendant un match !)
« Il me suffit de retrouver LE PIED QUI A LA MÊME ODEUR ! » réalise le jeune homme.

Et le voilà donc, à quatre pattes dans les rues, en train de renifler les pieds des jeunes filles.

Cette attitude suscite de nombreuses réactions :

28 % des jeunes filles s'enfuient en courant.

11 % lui donnent un susucre.

36 % disent : « Psssht ! Pshhht ! Va-t'en, sale bête ! »

9 % appellent la fourrière.

16 % s'écrient : « Oh, le mignon toutou ! » et proposent de l'adopter.

Mais Cédric ne se laisse pas décourager !

Il poursuit ses recherches. C'est ainsi qu'un jour, après avoir longtemps erré de par le monde, il parvient dans le salon de coiffure de Mme Belmère.

Et là, c'est le choc ! Il reconnaît l'odeur.

Ouaiiiis !

Fou de joie, il propose à Sandrine un contrat de cent milliards de dollars pour devenir la gardienne de but du club. Elle accepte sans hésiter.

Comment réagit Mme Belmère ?

De rage, elle avale son sèche-cheveux.

Et Titine et Miloute ?

Elles avalent tout le reste du salon de coiffure, et les clients avec.

EN CONCLUSION

Comme tu as pu le constater au cours de cette enquête, toutes les soi-disant histoires merveilleuses dont on te BOURRE LE CRÂNE sont, en réalité, parfaitement banales. Que ceci te serve de leçon. IL Y A TOUJOURS UNE EXPLICATION LOGIQUE AUX CHOSES, MÊME LES PLUS ÉTONNANTES ! À présent que tu sais TOUT, c'est à ton tour de lutter contre les FAUX BRUITS. Ne laisse plus tes amis dans l'ignorance et la bêtise, car, comme dirait Max Fox :

Celui qui connaît la vérité et laisse se propager le mensonge ne mérite qu'une chose:
être changé en crapaud biodégradable!

et zut!

Et maintenant, interro écrite !
Non mais, tu ne croyais
quand même pas t'en tirer
comme ça ?

INTERRO ÉCRITE

❶ De quelle couleur était
Lolita Chaperon ?

❷ Quel était le surnom
de Mabel Hautbois ?

❸ Combien y a-t-il de joueurs dans
les équipes de foot des contes de fées ?

❹ Ta grand-mère élève-t-elle
des poules carnivores ?

❺ Si oui, que leur donne-t-elle à manger ?

- ❑ Des hamburgers, des barquettes
de frites et des canettes de Coca ?
- ❑ De la tarte à la rhubarbe ?
- ❑ Ses vieilles robes toutes desséchées ?
- ❑ Ton grand-père ?

❻ Toi, là, au quatrième rang, pourquoi mets-tu ton doigt dans ton nez ?

----

❼ À quoi servent les bottes Desetlieu ?

❽ Que peut-on fabriquer avec des peaux de saucisson :

❑ Des petits dessous ?
❑ Des costumes de livreurs de pizzas ?
❑ Des plâtres pour jambes cassées ?

❾ Trouves-tu ce livre :

❑ Passionnant ?
❑ Bof-bof ?
❑ Complètement idiot ?
❑ Carrément nul à pleurer ?

Envoie ta copie aux Éditions Vathan.

Ceux qui auront plus de 2 354 fautes seront transformés en tartes à la rhubarbe par la fée Carabosse.
Les autres auront le droit de les manger.

Gudule

Quand Gudule est née, il y a un peu plus d'un demi-siècle, trois fées se sont penchées sur son berceau :

Aglagla, fée culinaire, qui lui a donné le don de préparer la confiture de choux de Bruxelles.

Proutinette, fée des câlins, qui en a fait la championne du massage d'orteils.

Tronulle, fée de n'importe quoi, qui rigolait tellement que personne n'a compris ce qu'elle racontait. En fait, elle lui donnait le don de dire des bêtises.

Ce don, avec le temps, n'a fait que croître et embellir. Et dans les années à venir, Gudule n'a pas l'intention d'arrêter, à moins que...

« Je deviendrai sérieuse et raisonnable, a-t-elle promis, lorsque le baiser d'un prince charmant me transformera en grenouille. »

Si un prince charmant est intéressé, qu'il envoie son C.V. aux Éditions Vathan.

Jacques Azam

Dans les contes, ce que préfère Jacques Azam, c'est dessiner les **très très très jolies princesses.**

C'est après des heures et des heures de recherches historiques et de croquis préparatoires qu'il arrive enfin à évoquer la grâce et la beauté de ces **créatures de rêves.**

Cet ouvrage a été imprimé en France
par CPI Bussière
à Saint-Amand-Montrond (Cher)
en janvier 2013
N° d'édition : 10193552 – N° d'impression : 124035
Dépôt légal : janvier 2013